사랑이 그리운 날들에

사랑이 그리운 날들에

발행일	2018년 2월 14일		

지은이   손 병 주
펴낸이   손 형 국
펴낸곳   (주)북랩
편집인   선일영   편집   권혁신, 오경진, 최예은, 최승헌
디자인   이현수, 허지혜, 김민하, 한수희, 김윤주   제작   박기성, 황동현, 구성우, 정성배
마케팅   김회란, 박진관, 유한호
출판등록   2004. 12. 1(제2012-000051호)
주소   서울시 금천구 가산디지털 1로 168, 우림라이온스밸리 B동 B113, 114호
홈페이지   www.book.co.kr
전화번호   (02)2026-5777   팩스   (02)2026-5747

ISBN   979-11-5987-121-4 03810(종이책)   979-11-5987-122-1 05810(전자책)

이 도서의 국립중앙도서관 출판예정도서목록(CIP)은 서지정보유통지원시스템 홈페이지(http://seoji.
nl.go.kr)와 국가자료공동목록시스템(http://www.nl.go.kr/kolisnet)에서 이용하실 수 있습니다.
(CIP제어번호: CIP2018004433)

(주)북랩 성공출판의 파트너

북랩 홈페이지와 패밀리 사이트에서 다양한 출판 솔루션을 만나 보세요!

홈페이지 book.co.kr   **블로그** blog.naver.com/essaybook   **원고모집** book@book.co.kr

사랑이

그리운

손 병 주 시 집

날들에

북랩 book Lab

나는
바람이 좋다
고양이가 좋았는데 지금은 개가 좋다
술과 커피를 즐기며 담배는 안 피운다
예쁘고 잘생긴 사람을 좋아하지만
외모만으로 사람을 평가하지는 않는다
대화가 잘되는 사람을 무척 좋아한다

영화와 음악을 좋아하며 외국어를 즐겨한다
운동은 좋아하면서도 귀찮아하기도 한다
성격은 깔끔한 편이며 옷은 신경 써서 입지 않는다
누가 내 물건을 건드리는 것을 싫어한다

남이 쓴 시보다 내가 쓴 시를 더 좋아하고
책은 읽는 편이며 컴퓨터, 핸드폰, 책, 옷, 시계, 일기장 등이
내겐 보물이다

AB형이라 A형도 갖고 있고 B형도 있어
가끔 혼란을 가져오는 성격이기도 하다
키는 큰 편이며 몸무게도 무거운 편이다
항상 사람들로 하여금 관심받고 싶어 하며
날 좋아해 주는 사람이 좋다
그 사람들과 장난치고 개그 치는 것을 좋아한다

혼자 있을 때는 춤 연습도 했었다
스타크래프트, 당구, 영화, 담배가 한때 인생의 전부일 때도
있었다
좋은 것도 많고 싫은 것도 꽤 있다
미친놈 소리도 꽤 들어봤다
잘 웃고 잘 외로워하며 불만도 잘 토로하고
성격은 무난한 편이고 착한 편이다

세월과 인생, 추억, 과거, 사랑, 하늘, 바다, 인연에 대한 연구
를 많이 한다
과거, 현재, 미래 이 세 가지를 공평하게 사랑하고 대한다
과정도 중요시하고 결과도 중요시한다
가족, 부모님과 누나들도 있고
문제가 없는 건 아니지만 우리 가족만큼 화목한 가족도 드물
다 생각한다
죽기 전 기회가 된다면 작가의 삶을 살아 보고 싶다
인간에게 허락된 유일한 욕심은 공부라 생각한다
사랑은 내게 어려운 공부였다
인생은 복잡하며 고통이다

그러기에 단순하고 즐겁게 살 필요가 있는 것 같다

나이를 먹어도 어리게 살고 싶다
언제가 이런 자기 소개서를 써보고 싶었다

난 생각보다 귀엽고 재밌고 괜찮은 놈이다

프롤로그

솔직히 아무것도 아닌 것 같았는데 이런 글을 써내려 간다는 것이 얼마나 어렵고 부담스러운 일인지 펜을 들고 나서 알았다. 글을 쓰는 것이 습관이 되어 있는 사람이라고 생각했는데 누군가가 내 글을 볼 수도 있고 또 뭔가 정식의 글이어야 한다는 느낌이 부드럽던 사람도 경직되게 만들었고 내 자신을 부자연스럽게 만드는 것 같아 마냥 어색하다.

그럼에도 괜찮다면 조금은 편안하게 고백하는 형식으로 얘기를 하고 싶다. 먼저 이런 시집을 왜 지금 이때에 이렇게 출간을 했는지 또 하고 싶었는지만큼은 꼭 얘기를 해야 될 것 같다. 사실 이 안에 수록되어 있는 많은 대부분의 작품은 필자의 20대에 썼던 것이다. 30대에는 바쁜 일상과 반복되는 생활에 지쳐 시간적, 마음적 여유가 없고 무거운 마음들로 인해 참으로 펜을 들기가 어려웠다. 굳이 따지면 그것은 시간의 문제는 아니었던 것 같다. 돌이켜 보면 30대가 되고 나서 많은 재료를 잃어버렸다는 느낌이 지배적이었다. 실로

그랬던 것 같다. 20대에는 늘 모든 걸 노래하고 싶었다.

하늘과 바다를 보고 내리는 비와 눈을 맞으며 바람만 불어도 내가 흔들렸으며 세상의 모든 것들이 세상의 모든 것들로서 내게 다가왔다. 인생의 경험이 너무 없어 쉽게 흔들렸고 쉽게 힘들어 했고 쉽게 슬펐다. 그리고 쉽게 극복하기가 어려웠고 쉽게 외로워했으며 그런 순간들에 예민했고 생각을 많이 하게 됐다. 감수성이 풍부했던 시기였다. 나이를 먹을수록 줄어드는 호르몬처럼 감수성도 나이에 영향을 받는 것인지 그런 내가 30대에 와서는 사람과의 감정에도, 세상을 대하는 태도에도 감수성을 많이 잃어 가는 것을 느꼈고 무뎌졌다. 이렇게 이 말을 하는 순간에도 과연 감수성에도 회춘이 있을지…. 문득 의문이 들기도 한다.

작품의 우수함과 그렇지 못함을 논하기 전에 개성이 짙은 필자의 색깔이 두드러지게 나타나길 희망했다. 크게 나아가서 결국 이 드넓은 끝을 모를 우주에, 먼지에 먼지도 안 될 작은 존재인 나와 우리가 잠깐 생명으로서 살아가고 존재하는 이 짧은 생애에서 시라는 인간 영역의 글이라는 것을 써서 닿고자 했다. 결국 그런 신비로운 영역의 작용들이 내 뇌를 떠도는 생각의 어느 한 시그널이 되어 연결되었고 그 힘으로 작품들을 써내려 갈수 있었던 것 같다. 가장 내 자신에게 인문학적인 그런 작품들을 모아봤다.

인간에게 절대 가치는 사랑이다. 사랑이 있기에 어쩌면 우리는 존재할 수 있다. 그런 사랑이 그리워지는 나날에 썼던 고백 같은 시집이다.

어쩌면 이 고백은 내 자신에 대한 그리고 세상에 대한 것이다. 가장 화려하고 젊음이 넘쳤던 나의 20대에 대한 수줍은 고백을 세상에 말할 자신감이 생긴 지금 이때에 펼쳐 보고 싶은 것 같다. 졸작이 많다. 그리고 속살을 보이는 것만 같은 부끄러운 작품도 많다.

그럼에도 얼른 작품으로써 소통하고픈 마음에 이만 줄일까 한다.

아래와 같은 분들에게 감사의 말씀 전한다.

가족들, 친구들, 동료들, 고객들, 지금의 나를 있게 해준 은사님들, 인연들. 그리고 앞으로의 인연들 그리고 늘 무엇보다 소중한 내 자신에게 이 시집을 바치고 싶다.

2018년 2월
손병주

목차

꽃 한 송이

필요치 않아 버려져 짓밟힌 꽃과 같다
누군가에게 성을 내도
누군가에게 미소를 지어도
짓밟힌 꽃일 뿐이다

누군가를 위해 짓밟힌 것이 아닌
그렇다고 나를 위해 짓밟히지도 않았다

그저 찻길 위 도로 근처에 폈다는 이유만으로
나는 짓밟혔다
다시는 꽃을 피우지 않으리라

짓밟혀 죄를 지은 기분일 뿐이다

그가 내 곁에 있었어도 난 짓밟혔다
내가 슬픈 단 하나의 이유다

바다 모래

당신에게 매일 휩쓸려 이름조차 남기지 못하는
나이지만
그래도 항상 그대 가까이에 있습니다

때로는 당신의 성난 모습에
내 마음의 한 부분이 패이기도 하고
때로는 당신의 잔잔한 미소에
고운 미소를 짓기도 합니다

나는 당신 아래 있고
당신은 나의 위에 있습니다

당신이 내 전부를 쓸어 가도
괜찮습니다
그래도 전
당신 가까이에 있습니다

밤바다

모든 아픔들이 밀려올 때
밤바다야
나는야 젖어 간다

모든 기쁨이 쓸려갈 때
밤바다야
나는야 젖어 간다

내 소중한 것을 위해
내 소중한 것들에게 버림받을 때

문득 쓰러져 있는 내 자신을 보았을 때
밤바다야
나는야 젖어 간다

멀리 치는 파도에,
다시 일어서서 돌아가는 내 뒷모습을 보았을 때
밤바다야
나는야 젖어 간다

집

비는 그칠 줄 모르고
배도 고프고
날씨와 더불어 몸도 추워지고
생각나는 것은 오로지
따스한 집

당신과 나의 긴 이야기

돌이켜 보면 아무 것도 없었다
재미있든 재미없든 간에
드라마는 우리들 기억 속에
너무나 빨리 잊혀 간다

생각해 보면 아무것도 생각나지 않는다
당신의 얼굴도, 당신의 얼굴을 처다보던 나의 얼굴도
초등학교 동창처럼 희미한 기억 속에
그래서 안타깝기도 한 기억나지 않는 꿈이었다

기다려 보면 아무도 오질 않는다
오겠다던 당신도, 오지 않겠다던 당신도
그리고
이젠 가지 않겠다는 나의 모습도

사랑해 보면 아무것도 남는 것이 없다
당신도 나도 그리고
행복했던 우리도…

잊혀도 하지만 가끔씩
생각나는 모든 것들을 위해

포기하고 뒤돌아섰던 모습을 마음을
기억하고 잊지 않으려고 해도
나 잊어야 했음을 원망하지 말자

끝없이 살아가고 사랑하고 헤어지고…
마지막 순간을 원망하기보다
그냥 긴 시간이 아니었음을 아쉬워하자

다시금 먼 곳에서 그 사람의 행복을 기도하는
나의 모습을 미워하지 말자
그 마음을 달래 주도록 하자

기다려서는 안 될 기다림 속에
나를 넣지 말고
그리움을 한 번 넣어 보자

그리고, 이젠
나와 그 사람의 추억을 지켜줄
사람을 찾자

끝없이 살아가고 사랑하고 헤어지고
행복했던 그 순간을 그리워하기보다
그냥 더 많은 사랑 못 주었음을 아쉬워하자

사랑 속에 숨어

사랑 속에 숨어 있는 나
그리움을 흔들며 너를 지운다
푸른 호수
잠들어 있는 물결을 뒤흔들며
너를 잊는다

시간이 그렇게 안타까운 시간들 속에 숨어
물결처럼 나를 뒤흔들었던
가볍지 않은 시간들 속에 숨어
나를 지켜보고 너를 지켜본다

곁을 흘러갔어도
젖지 않은 옷처럼
인연이 되지 못한 이 물결처럼
한 순간으로 흘려보내기엔 너무 아쉬운 이름이다

얼마나 소중했는지
물결이
시간 속에 숨어 있던 그 마음이
흔들었던 그리움이
다시 또 찾아들었던 그 그리움들이

안타깝지 못해 사무쳐 버린
잠들어 가는 마음 뒤에 숨어 있던
수많은 이야기들

잠들어 버린 그 물결 뒤에서
내가 서 있고 네가 서 있네…

어느 우울한 날에

비가 되고 싶어
빗길 속을 걷는다
비가 내 볼을 타고 흐를 때
차라리 이 빗물이
눈물이나 되었으면 싶다

이런 내 간절한
마음을 아는지
빗물은 쉽사리
나를 적시지 않는다

눈이 되고 싶어
눈길 속을 걷는다
숨죽여 앉는 눈처럼
조용히 누군가의
마음속에 눈이 되고 싶다

이런 내 간절한
마음을 아는지
눈은 쉽사리
쌓이지 않는다

어느 우울한 날에는
눈과 비가 되어
누군가에게 의미가 되고 싶다

하나의 의미가 되어
가끔씩이라도 그대를 만나고 싶다

비와 꽃 이야기

비가 오고
내 마음속에 그대가 올 때
한 송이 피어나는 꽃으로 기억되기보다
아침 신선한 공기쯤으로 기억되고 싶다

비가 오고
내 마음에서 그대가 떠날 때
떨어질 수밖에 없었던 꽃으로 기억되기보다
힘들었지만 아름다운 하루의 저녁노을쯤으로
기억되고 싶다

비가 그치고,
서로가 서로의 마음에 더 이상 존재할 수 없을 때
세월에 져 버릴 수밖에 없었던 꽃으로 기억되기보다
우울해질 수밖에 없었던 퍼붓는 소낙비쯤으로
기억되고 싶다

더 이상 비는 오지 않고
내 아직 그대를 잊지 못했음을 알았을 때
향기가 짙은 꽃에 대한 그리움으로 생각하기보다
기분 좋은 시원한 비의 향기쯤으로 생각하고 싶다

PS. 우리는 사소한 사랑쯤에도 목숨을 걸지 못한다.

시간이 지나도

시간이 지나도 내 잊지 못하는
것은,
내가 널 사랑했던 마음과
너에게서 사랑받고 싶어 했던 그 마음

시간이 흘러도 내 듣고 싶은
것은,
내가 왜 널 포기해야 했으며,
너에게서 정말 떠나야 하는지…

시간이 아무리 흘러도 너에게 하고 싶은
말은,
언제까지나 널 잊지 않겠음과
영원히 사랑하겠다는 그 말 한마디

시간이 아무리 지나도 내 잊지 못하는
것들은,

내가 널 사랑했던 그 마음들과
너에게서 사랑받고 싶어 했던 그 간절한 마음들…

나

사랑받지 못하여 버려져

잊힌 조각난 꿈과 같다

핸드폰

너무 비싸서 다들 사지 말라 하는데
어머니만 사라 하신다

다들 20만 원, 22만 원이면 충분히 산다 하는데
어머니는 30만 원짜리를 사라 하신다

다들 백수가 뭐 그리 좋은 게 필요하냐고
네가 돈 벌어 직접 사라고 했지만

어머니는 50만 원짜리를 못 사준 것을
못내 아쉬워 하신다

돈

한 번도 번 적이 없는데
20년 동안 매일 쓰고 있다

물에 대한 고백

사랑하는 사람을 떠나보낼 때보다
더한 슬픔을 지니고 있는
당신

그 슬픔의 봉인을 풀지 않기 위해
표현하고 싶은 마음들 꾹 참고
그리운 마음들 꾹 참고
사랑하고 싶은 마음 꾹 참고

인내 끝에
물이 되어 내 마음 깊은 곳에 스며들고

쌓여, 쌓여 한없이 차올라
더 이상 쌓이지 못해
물이 내 몸에서 나오려 할 때

결국 토해 낼 수밖에 없던 그 물들을

깊은 마음을 지니고 있던 그 물들은

잊을 수 없어 추억도 되지 못한 기억들 속에

승화되지 못한 물이 되어 뺨 위로 한없이

흘러내리고…

슬픈 낚시

네가 가득 담긴 연못 속에
나를 넣고 기다려 본다

나를 미끼로는 걸리지 않을 것임은
잘 알고 있지만
걸리지 않아도 나 행복함은
같은 물속에 있는
너와 나를 바라볼 수 있음에

혹시라도 걸린다면 얘기해 주고 싶은 게 있다
내가 진정 얻고 싶었던 것은 네가 아닌
미끼인 내 자신의 모든 것을 주고
다시 물속에 돌려보내고픈
슬픈 낚시꾼의 그 마음인 것을…

너를 얻고 싶음은 내 자신의 모든 것을
주고 떠나고 싶은 그 마음

바다 속으로 흘려보내는 시

바다를 흘려보내며 당신을 생각하며 시를 쓰며
당신은 이 바다를 보지 않았으면 합니다

사랑하는 사람을 떠나보낼 때
마음을 달래기 위해 찾았던 이 바다
당신은 이 바다를 볼 일이 없었으면 좋겠습니다

사랑하는 사람을 볼 수도,
그리워할 수도 없는 슬픔을
바다와 함께 얘기합니다
당신은 이 바다와 그런 얘기를 하지 않았으면 합니다

당신에게는 오로지 희망을 얘기할 수 있는
바다를 만나게 하고 싶습니다
그러기 위해 난 앞으로 이 바다와
오랜 시간을 같이할 생각입니다

愛人의 수난(孤軍奮鬪)

인연을 끊으려는 것들에 대한
나의 깊은 투쟁은
아득한 밤 멀어져 가는 당신을 생각하는 마음

알아주지 않아도 나 계속해서 승부를
미루지도 놓지도 못함은
미련이 아닌, 목마른 승부욕이 아닌
당신에 대한 절대적인 믿음, 예의

굳이 운명의 힘을 빌리지 않아도
승리를 자신하며 나아가는
나의 지친 모서리 눈빛

人生에 남는 것은 내게 남는 것은
한 줌의 흙일지라도
한 줌의 흙이라도 아닐지라도
후회 없음은
원죄적인 집착의 선물

인연을 끊으려는 것들에 대한
나의 깊은 애석함은
슬픔의 꽃으로 피어나는
당신을 떠날 수밖에 없었던 마음

갈대꽃

다른 곳을 보고 있기에
더욱 아름다운 당신이라는 꽃이여

당신이 너무 아름다워 난 아름다운 배경의 그림이 되었다

물감을 가지고 당신을 더욱 아름답게 하고 싶었지만
당신은 다른 곳을 바라보며 서 있었다

밤이 깊어가며
그림 속 보이지도 않는 흙이 되어
이렇게 당신의 뿌리를 움켜잡고 있지만
바람이 불면 나도 흔들렸고
시내가 울면 나도 울었네

당신은 고독한 듯 늘 그렇게 서 있지만
내겐 아름다움이었고
당신의 가벼운 웃음마저 내겐 행복이었네

어디로 갈지 몰라 더더욱 아름다운
당신이라는 꽃이여

사랑 I

남는 건 아픈 내 마음뿐이겠지만
잠시라도 내 전부를 불지를 수 있는
그런 간절함이 깃들었던
아름다운 것이라 생각되는
고마움이 깃든 인생의 모습

서로를 위해 서로가 기억해 주고
그 속에 나쁜 기억 하나 존재하지 않는다면
나 얼마나
이 짧은 생을 마감할 때 미련 없이 눈감을 수 있나

남은 인생 다시 올지 안 올지 모를 이 안타까운 감정을
위해 죽고 사는 우리들, 나와 같은 나그네들은
그래도 그 위대함에 겁먹지 않고
똑바로 응시할 수 있는 용기를 가졌으면 좋겠다

짧은 생에
바람처럼 이름 한 글자 남기지 못하고 떠날지라도
나 당신을 사랑했음에 조금의 부끄러움이 없네

그림

네가 있는 그림에서
내 따스한 가슴을 열면
어느새
열려 있는 너의 마음들

널려 있는 얘깃거리를 서로에게 나누며
항상 그리웁던 하늘…
다시 다정하게
우리들의 이야기들로 그릴 수 있다

바람에도 날아가지 않을
웃옷을 덮으며
멀리 날아가는 새 지켜보며
행복을 나눌 수 있다

긴 자연의 질문에
무관심한 척하며

흘러내린 나의 희망을 웃옷을
너의 어깨에 조용히 덮는다

우수리

많은 마음을 주어
적은 마음을 받아 가는
나는 절대로 슬프지 않은 사람
수많은 사람 중에
언제 만났었냐는 듯이 잊혀가도
절대로 슬퍼하지 않을 사람

당신은,
내가 가진 것이 많지 않았음을
일깨워준 고마운 사람
그런 당신은 정말 고마운 사람

그래도 거스름은 잊지 않고
마음에 쥐여준
당신은 정말 행복해야 할 사람

PS. 가장 힘들었을 시간에 지켜 주지 못해 정말 미안하구나.

물고기 이야기

아직 잊지 못함을 기억이라 한다면
기억을 위해 하루하루 살아가는
나는야 그물 속의 물고기

가득 슬픔이 배인 물을
아픔의 불을 끄기엔 너무 초라하고 외로운 물
돌이켜도 돌이킬 수 없는
나는 그물 속에 갇혀 사는 물고기

알면서도 물 줄밖에 몰랐던 당신이라는 기억은
쉬지 않는 단순함 속에서도 살아 숨 쉬고 있었고
그리고 그물 밖에서는 살아 있지 못했던 난
나약함을 간직했지만 날 부끄러워한 적 없었다

기억으로 하루하루 살아가는 나는
다시 태어나도 그물 속의 물고기가 되고픈
슬픈 물고기

PS. 내 이렇게 당신을 꿈속에서나마 놓지 못했던 나를
　　부끄러워하지 않는다.

바람꽃

바람에 흩날리는 한 송이 연약한 꽃
한 사람의 가슴에 피려 태어나
만남 속의 헤어짐, 긴 안타까움의
시공 속에서도
쉬지 않는 기다림 멈추질 않네
기다려야 한다면
그 시간들 속에서 조금 더 그 사람을 그릴 수 있는 마음
기르리라

가슴 아리는 상처를 안고 당신을 두고
깊은 밤 깊이 사라져 갈 수밖에 없었던
나의 이름은 진정 풍화이어야 했나
이루지 못해 돌아갈 수밖에 없는
바다와의 약속에 따라
바람 속에 휩쓸려 파도 치는 바위섬의
사랑이 되리라 그리고 기억하리
당신아 가장 아름답던 시절의 모습을
사라져야 한다면
아무 말 않고 바람에 떠날
슬픈 꽃이여…

기다리는 건 당신이 아니다
당신을 떠날 수 있는 강하고 슬픈 마음…

끝이 없는 끝으로…

복잡한 것들이… 사랑했던 것들이…
그리도 소중하게 여겼던 것들이…
떠나간 듯 떠나가지 못했을 때…
나는…
그렇게… 그리도… 울고 싶었고,
더 이상… 더 이상은 안 된다고…
외쳤었고…
마지막이라는 것이 오기를… 그리도…
바랐었다…

늦어도 늦은 게 아니었고…
사랑해도… 사랑한 것이 아닌…
이룰 수 없는… 깊은 슬픔뿐이었던…
생각을 해도… 아무리 생각해도…
슬픈 게… 바로… 사랑과 소중함…
그리고 그리움이다…

난 그리도… 욕심 많았던… 사람이었지만
억 번을… 얘기해도… 아깝지 않은…
그리도…
진실되었던… 아무것도… 나를 위로할 수 없었던…

당신을 향한 깊은 사랑이었다…

끝이 없는 끝으로… 나는… 그렇게…
걸어간다… 안고… 안고…
단 한순간도 놓지 못했던…
마음을 안고…

긴 인연의 시

짧고 긴 것이 사람의 인연이고
웃고 울음은 이 시의 공백에 담겨져 있으리
내가 놓지 않는 한
이 시로 우리의 인연은 끊어지지 않으리

선명한 추억은 기억하지 못하더라도
아직도 할 말이 많음 그 자체에
당신과 나는 우리로 존재하고
나의 감수성 깊은 곳에
당신은 소중함으로 잠기어
아름다움의 빛을 잃지 않으리

무슨 의미가 있냐에 중요한 건 의미가 아니라
울지 않는 나의 깨끗한 마음이라고
내 곁에 함께할 수는 없어도 떠나지 않았으면 하는 것이
웃고 있는 나의 깨끗한 마음이라고

세상이라는 시간과 공간의 인연들 속에

짧고 긴 것이 사람의 인연이라
훗날 웃고 울음이 많지는 않더라도
다시 만날 수 있다면 할 말은 끊임없이 많으리라
내가 놓아도
이 시로 우리의 인연은 슬퍼하지 않으리

왜, 진심

왜 진작 가르쳐 주지 않았니
사랑은 마음만으로 되지 않는다는 것을

여기서 나 그만할게

연습 없는 시

연습이 없어도 계속 써지는
시는
무엇을 위했던 그리움이었을까

사랑 II

이는 먼
그녀와 나의 속삭임
비밀스런 웃음

가슴 펼치면
일렁이는 그리움
밤새워도 끝나지 않는 이야기들

불현듯 찾아오는 어느 날의
이별의 피 흘림
별과 나 사이만큼 멀어진 우리들

다시는 돌이키지 못할
엇갈림의 핏방울

흘러내릴 듯 맺힌 황홀한 눈물의
아름다운 외로움

아름다운 매력을 지닌
그것들의 이름 사랑

슬픈 기도

널 사랑하면서부터 신을 믿었지
매일 너와 잘되게 해달라 빌었지
오늘 처음으로 제대로 잘 떠날 수 있게 해달라 빌었지

불 색

별이 되어
아쉬움이 되어
안타까움이 되어
그런 슬픔이 되어

나는 지피지 못한 사랑이 되어

불 색이 되어
지나도 흘러도
꺼지지 않는 불 색이 되어

젊음과 生을 다 바쳐도 아깝지 않았던
지나간 사랑들은, 흘러간 마음들은
그럴 수밖에 없었던 우리를 원망치 않는다

내 가슴속에 묻혀
끄집어낼 수 없는 행복함과 슬픔에
우리는 묻힐 것이고
당신의 가슴속에는
묻히지 못할 아름다운 사랑이 되리라

세상의 모든 사랑이 아픔일지라도
꺼지지 않는 아름다운 불 색이 되리라

영양소

사랑은 많은 영양소를 필요로 하지
무모함이란 영양소도 필요로 하지만
현실이란 영양소를 더 필요로 하더군

욕심

사랑은 전쟁과 같아
패자는 기억되지 않는 법
그래도 기억되고 싶음은
나의 깊은 욕심

눈물

눈물은 물과 달라
뜨거움을 맞이해도
사라지지 않는
끝이 없는 슬픔의 물

눈물은 촛농과 같아
뜨거움을 만나면
굳어버려 화석이 되는
끝이 없는 슬픔의 물

눈물은 강물의 폭포처럼
흐르다 떨어지는
그러나 계속 흘러내리고만 있는
끝이 없는 슬픔의 물

신년

많은 아쉬움이 되어
이곳을 떠나 숨을 쉴 수 있는 다른 곳을 찾아
나 또다시 방황하겠지만
지금 해야 할 방황은 예전의 방황과는
같지 않네

소리 없는 시간들이 다가오고
소리 없는 인연들이 다가와
날 또다시 괴롭히겠지만
지금 느껴야 될 슬픔들은 예전의 슬픔과는 같지 않네

아직 잊지 못했음을 기억이라 한다면
기억으로 숨을 쉬고,
끊임없는 사랑으로 보답하여 맺히네

비의 사랑

하늘이 꽃에게
넌 날 사랑하냐 물었을 때
꽃은 사랑하기에
이리도 아름다운 것이라 답했다

나는 너에게
왜 이리 아름답냐 물었을 때
너는 날 떠나 하늘로 가고 싶기에
이렇게 아름답다 답했다

아름다움을 꺾으려 했던 내가 너무 부끄러워
하늘에게 기원해 비가 되었고
꽃은 내가 비인 줄 알지 못했다

꽃에게 사랑받기보다
아름다움의 도움이 되고 싶었던 마음에
하늘이 감동하여
내게 소리를 주었고,

나는 떨어질 때마다
슬픔의 소리가 되기보다
희망의 소리가 되기를
무엇보다 바랐다

비가 내리는 소리는 너에게 달려가고픈 소리

잊히지 않는 전설

PS. 많은 사람들은 빗소리를 슬프게 생각한다.

보이지 않았던 것

보려고 해도 보이지 않았던 것은
내 눈물 때문이었을까
마음만으로 되지 않던 사랑 때문이었을까

너무 깊은 외로움을 준다

생각

기일이라 했었지
그가 마음병을 앓아
내 손으로 직접 씻겨 보낸 날이
바로 오늘이라 했지
기억이 나를 불러
그곳에 가보았더니 아무것도 없더라
그와 나는 왜
꽁초보다 더 생각 없이, 남김 없이
버려질 이 시 구절에
그렇게 가슴 앓으며 마음 아파하려 했나
두 사람 중 한 사람은 꼭 반드시 후회할 거라고
그 몫 역시 그가 짊어질 것이라고

그 사람이 부른 듯하여
다시 그곳에 가보았지만
그 사람은 없고 나 역시 없더라

現在

너에게
내가 너에게
가장 애석한 것은
생각나지 않는 그리움이다

애타게 그리워했고
마냥 수줍어했었고
그렇게 떠나기 싫어했고
지금도 이렇게 마음이 아픈 게
모두
생각나지 않는 그리움

잊으려 불렀던 그리움마저 잊히면,
이루지 못한 사랑에 추억은 존재할 수 없다

그렇게 긴 인생 속에서의 사랑은
그렇게 긴 사랑 속에서의 인생은
지나감을 기억할 수 없는
그렇게 생각하려 했어도
소용없던

생각할 수 없던 슬픈 그리움이다

나는 무엇을 만나려 하는가

사랑의 배고픔이란
채워 주지 않아도 살아갈 수 있는
죽음 없는 영원 속 가슴에 있다

그리움도 추억도
존재하지 않더라도 언제든지 무를 수 있는
좋은 기억, 친구이다

무엇을 부르려 했나
큰 불로도 지를 수 없는 그 작은 불을
우린 너무 애석해하진 않았나

두려움 속의 아름다움은 부르지 않아도
낯선 아픔들은 나의 미소로 날아갈 수 있는데
우린 한 번의 아픔으로 다 이룰 수 있다고 생각하지는
않았나

나눌 수 없고, 함께할 수 없는 기억이라면
부끄러워하자
지친 모습으로도 비밀스러운 마음으로도
결국 만나려 했던 것은 존재하기는 했던 것인가

무엇을 들고 기다려야 하나
끝없는 이 깊은 사념을
보다 많은 이 시간 속에

경희대학교 버스 정류장

너희들은 아무렇지 않은 듯
그곳에 서 있지만
나에게 그것은 전부였다

바다물고기

시처럼 인생을 다시 써야 한다
그리는 하늘을 날 수 있도록

눈 속에 묻힌 차 속의 밤

마음의 추위
잎의 향기는 긴 시간의 사랑처럼 내게 다가와 속삭이네
그 이글거리는 차의 눈 속은
첫사랑처럼 맑고 고와라
나의 숨결을 멈춰 입을 굳게 다물어야
비로소 노래를 부를 수 있지
떨리는 물결은 나를 수줍게 하여도
손에 잡은 연필 한 자루 나는 놓지 못하지

기억 속의 그리움
다시는 돌아오지 않을 거라는 무심한 약속은 나에게 널
다시 찾게 하지
모여 드는 온갖 기다림을 채워 주던
그 고마움들
네 속에서 퍼져 나왔던 얘기들
그리고 차마 하지 못한 말들 나는 잊지 못하지

빗장을 걸지 못한 시간의 흐름 속에
넌 그렇게 할 일을 다 한 겨울의 나무처럼
편히 쉬어 갈 수 있는 의지가 되어
괴로움 없이도 살아갈 수 있는
인생의 용기가 되어 주네

언제나 고마운 그대여

어찌 그럴 수 없으랴

하얀 밤
하얀 종이에 난 무얼 쓰고 있나
넌 그렇게 나에게
다가갈 수 없는 존재가 되어
날 이렇게 목 놓아 울게 만드는구나

우리는 언제쯤
손을 잡고 그 그리던 하늘을 날 수 있는지
수많은 번뇌를 밟아도
사람됨을 하지 못하는 한을
그 누구에게 얘기할 수 있으랴

우린 그렇게
그런 모습들로
삶을 살아가지만
누구 하나 무엇도 손에 잡히지 않는다

성공의 기준이 넓어짐에 따라
세상의 할 일은 신경 써야 될 일을
그토록 날 힘들게 하여도
넌 그렇게
잊히지 않은 모습으로 곁에 함께였으면 한다

넌 그렇게
잊히지 않는 모습으로 곁에 함께였으면 좋겠다

언제 부질없음을 모두 다 떨쳤을 때
세상의 온갖 시름 다 잊어
그리던 하늘을 날 수 있을 때
우리의 모든 것을 다시 그려 보자

어찌 인생이 외롭지 않을 수 있으랴

자살을 하지 않는 이유

내가 세상에서 슬픔을 얘기했을 때
세상은 나에게 아무 말도 해주지 않았다
그런 세상이 너무 멋있어서
이렇게라도 세상을 난 살아간다

가슴 속에 피는 장미꽃 한 송이

장미꽃아
이제는 내 손을 잡으렴

내가 너에게 힘이 되어 줄게

여러 사람에게 기댈 필요 없이
오로지 나에게만 기대렴

내가 너에게 힘이 되어 줄게

2003년 10월 10일 정신 차리자

젊은 날 수많은 기회의 시간 속에
아무것도 잡지 못하고
학업도, 사랑도 꿈이란 것도 상상 속에 야망이었고
단 한 번도 현명하지 못했던
그윽한 후회의 암흑 속에서도
빛을 바라기보다 합리화시켜 버리려는
삶은
부끄러운 담배꽁초보다 가엾다

타인을 한없이 미워하던 모습도
알고 보면 내 자신을 미워했던 생각이고
인간으로서 버리기 쉽지 않은 것을 알지만
그렇다고 쉽지 않다는 것만으로 나를 찾을 수 있다고
생각했었나

시인이었다면 그런 깨끗하지 못한 마음으로 시를 썼던
것인가

효 사랑 우정 기본되는 인간으로서의 조건을 지키지
않고서는
잠시 머물러 가는 인생일지라도 너무 사무치는 아픔
들이다

완벽할 순 없겠지만 그런 노력을 하지 않는다면
당신과 나는 이미 행복할 수도 아름다울 수도 없다

미안함을 안다면 다시는 그러하지 않겠다는 약속을
현명한 생각들로 지켜라

베풂 없이 받으려고만 하는 사람은
당신이 아니라
나다

시험(같지 않은 엘리트 인물에 대해 말하자면)

폭풍이 지나가면 그 폭풍을 잊고
상념은 상념으로 끝이 없다
옛날 수없이 번복해 힘들어했던 것을
다시 힘들어하며
다시 오늘과 내일 속에
같은 일을 반복한다

옳고 그름을 안다 할지라도
소용없음은
밍기적 밍기적 나태한 것들에 대한 깊은 사랑은
목적 없는 하늘 아래 절박함 아래
아무리 좋은 옷을 걸쳐도
부끄러운 자신 속 마음의 상처
달랠 수 없다

그 무엇이더라도 소리 없이 지나감은
다가옴과 달리

그 누가 내 옷깃 하나 잡을 수 있겠으랴
사람이 사람을 논할 수 없듯
종이에 구겨진 돈마저 얘기할 수 없고
우린 그렇게 가장 힘들어했던 폭풍을
그렇게 잠재우려 했던 것이구나

시름과 용서도
나와 당신의 이 얘기로 잡아 두기에는
너무 긴 이야기가 되어 버렸고
난 그토록 부러워했으면서도
망설임 속에
모든 것을 다 주어 버렸던 것이구나

폭풍이 지나가 폭풍으로 잊더라도
남겨진 아픔 다시 타올라
다시 힘들게 해도
그때의 나의 긴 이야기는
무슨 소용으로 잠재워 버릴 수 있으랴

그 시

너에게 사랑을 담겨 보였던 그 시는
될 수 없는 사랑을 애기하려 했던 것이고
왜, 보다는 이니까, 를 애기하고 싶던 것

구겨 버려
인생에게 사랑에게
매순간 미안해
바람의 물결은 지나가는구나

아직 생각나도
우린 과연 기억했던 것인가

시간은 너처럼 아름답게
좇아갈 수 없는 것
바람의 물결을 기억으로 좇아도
어쩔 수 없는 것이
너 그리고 나
한 획을 그어 두 획을 그어
그렇게 그어
태어나지 못해
나는 너무 무거워

흘러 흘러 흘러 넘쳐
그때는 말할 수 있는 걸
너와 나 속에서의 바람의 물결과
미안함을

바람 속으로

말을 해도 말을 한 것 같지 않고
보아도 볼 것 같지 않는
숱한 반복의 잊음 속에서
무엇을 꿈꾸고 있었을까

돌아서서 잠시 고개를 돌리고
주위를 둘러보기도 하고
찾지 못해도 좋은 풍경은
소스라쳐 사라지는 짐승의 눈빛과 같다

비가 내려 바람이 분 것이 아닌
바람이 불어 비가 내린
그런 짙은 풍경 속에
그 인연을 보았다

떠나는 게 무서운 것이 아닌
가든 말든 곁에 있는 그 인연이 두렵다
빨랫줄에 날려 주인을 향해 날아가도
바람만은 내 것인 걸…

너도 나처럼 스탠드 불을 원하더냐

장마 속에서도
기일이라고 했었지
그가 병을 앓아 내 손으로 직접 씻겨 보낸 날이
아마도 바로 오늘이라 했었지
꽁초보다 생각 없이 버려졌으면서도
움켜잡던 펜 하나는 같이 묻힐 거라고
큰 불로도 지를 수 없는 그 작은 불이
보이지 않았던 것은 눈물 때문만은 아니었을 거야

낯선 고뇌들은 그렇게 날아갈 수 없다네
친구여
공백 속에 시공은 많이 있다네
하지만 비밀스러운 이야기는 부끄러워하자네
무엇을 들고 자네를 기다려야 하나
끝없는 완고함과 태만 속에 놓여 있을
아직도 스탠드 불을 움켜잡고 있을 당신이라는 친구여

빨래

다시 얽히는 삶 속에 태어나
바람 속에서도 날지 못한 너는
낡은 이 집게 하나 벗을 수 없는
무거운 날개를 지닌 한 마리 새였구나
햇살 아래서도
울기만 했던 너의 고독을
이 그림자는 기억할 수 있을까

소나기를 두려워했어도
낡은 이 끈 하나 끊지 않던 너는
언제가 걸레로 버려질 운명을
정녕 모르고 있었느냐
하늘조차 알려주지 않는
나부끼기만 한 너의 삶을

우리네 인생을 묻지 마라

호수의 주름살은 나이를 먹지 않는다
흔들흔들 물결은 기억한다
따라만 했던 코흘리개 동화책을 덮고
관세음보살을 읽어 가는
긴 누에고치 실을 뽑아
자랑인 양 당신에게 바쳤던 선물은

가까운 산지락, 아득한 새의 울음소리에도
난 잡풀 한 송이 꺾지 못한
힘없는 돌부처의 주인이었다
많이 체해 울던 나를 겨울날 서리는 기억한다
어디서부터 얼음을 맺혔는지
손이 추워 호호 불던 나의 모습을

구름마저 멈추어 버린 고동소리는
한 곳으로 한 곳으로 멈추질 않고
아쉬운 것으로서
무슨 소용으로 잠재우랴
이렇게 고요 있는 듯 흘러가는데

소스라쳐 놀란 동물들의 눈빛도
곁에 있어 더 무서운 이끼들아
빨랫줄에 날려 주인에게 날아가도
바람만은 내 것인 걸

곁을 흘러갔어도
나 하나 젖지 못하게 하는 호숫가에
무슨 멋 난 생각을 많이 하려나
그대여

유통기한

당신이 죽을 때까지

후문으로 걸어가며

봄에는 벚꽃이 떨어지고 여름에는 치맛바람 휘날리며
가을에는 단풍이 떨어지고 겨울에는 흰 눈이 온 세상을
덮는다 하여도
그냥 그렇게 슬프게 살아가렵니다

길거리를 지나가다 옛 사랑을 보고
사랑하고 싶은 사람을 보아도
죄 없이 피고 지는 꽃과 바람처럼

슬프게 살아가렵니다

인생

세상을 버려야 세상을 얻고
공부란 인간에게 허락된 유일한 죄 없는 욕심이다
진지하고 성실하며 참됐다면 無로 돌아가도
아쉽지 않을 짧을 여행이다

책

너무 많은 것을 잃어야 꼭 그만큼 얻어내는 것은 아니다
매일 매일 쌓아 탑을 만들 듯이
내 인생은 꼭 그래야 하듯이
살아 왔지만
그렇게 긴 시간을 살아 왔지만
내 앞에 있는 것 너무나 얇은 책 한 권
읽어도 읽어도 재미없는 것이
나의 인생과 같은 것이겠지만
언젠가 그 누군가는 재미있게 읽어 주겠지
자고 먹고 생각하고
너무 짧지나 않을까 너무 바쁘지 않는 삶 속에
바쁜 모양 많은 것을 잃어가고 있다
그대는 진심으로 나의 책을 보았던가

공부

사랑은 했었지만
가까이할 수는 없었다

내게는 너무 어려운 사랑이었다

인연

생각해 보니
너무 오랜 기다림이었다
힘든 것은
끝을 모름이다

단지 내 옷이 빨리
마르길 바랄 뿐이다

얼마나 긴 시간의 여행이었는지
옷을 빨지 않고서야
나아갈 수 없는 그런 큰 사막 안에

내 알몸 속에 그려져 있는 욕망들
혹은 그 욕망을 그려 넣은 사람을 향해
떨어져 내리는 물방울 바라보며
감출 수 없었던 것은 기억

기억이라 하기에 너무나 선명치 못한 작은 아픔들
얼마나 빨아야 하는지 아는 사람은 적어도
다만 해야 한다는 것은 누구나 다 알 수 있듯

세상은 이렇듯 복잡한 듯 간단한 선명한
진리들이 난무하는데
그대는 무슨 낯짝으로 세상을 바라볼 수 있단 말인가

내일 아침이 되어서야 마르겠지만
입을 수야 있겠지
내 욕망을 가려줄 수 있는 깨끗한 옷을

작은 사랑의 부분 속의 인생의 끝

기다림 속에
널 그려 넣어
날 만들어

우리는 단 한 번도 얘기 안 해본 사람 같지만
난 이미 너와 얼마나
많은 얘기를 나누었는지

우리는 단 한 번도 싸우지 않은 사람 같지만
난 너와 이미 많은 싸움 끝 속에
행복을 꿈꿨다

아직 인생의 끝을 가지 않았어도
알 수 있는 것 역시
이미 많은 사람들의 인생의 끝을 배웠다

내가 그들과 다르다면
얼마나 다를 수 있겠는가

밤이 이토록 지나가고
홀로 남겨진 것이 하나라면
이 밤이면 안 될 것 같이 그를 불러도

그는 아직 내 곁에 올 수 없는 것을
속삭이고 얘기하고 싸워도
난 아직 그를 바라볼 수 없는 것이
그토록 갈망하던 나의 인생이다

언젠가 알 수 있겠지

너무나 하고 싶은 것이 많듯이 할 수 없는 것 또한 많아
언젠가 할 수 있다 해도 그곳에 큰 의미를 남기기에는
부족함이 많다
순간순간을 번뇌로 살아갈지라도
그러기에 인생이 우리에게 주는 번잡과 시간은 짧다
거울 없이는 나를 보지 못하듯 너는 혹시 아는가
다른 사람은 내가 보지 못하는 나를
얼마나 많이 바라보고 있음을
나 자신이 나에게 실망한 것보다
얼마나 더 많이 실망하고 있는지
하지만 내 자신만큼 나에게 솔직히 알려주지 않는다
그런 인생 속에 누군가 말했다
인생이 끝나는 날 영화의 필름 감기처럼
그동안 품고 있던 모든 것들의 진리의 의문들을
부처처럼 깨닫게 된다고
하지만 그때 가서 안다고 무슨 의미가 있겠는가

하지만 내가 사랑했던 이여
그대는 비로소 알 수 있겠지
내 그대를 사랑함에 얼마만큼 순수했고
그대가 그토록 부자연스럽게 보았던 일이
얼마나 자연스러운 일이었는지
그때는 알 수 있겠지

내 얼굴의 변함으로서
내 진심을 맞추려고 하지 마라

기차역

바람만 불어도
아픈 오늘의 오후

구름 떠나가 벚꽃 흩날리는
그 기차역에는

아름다운 곳 분명한데
머무르는 이 하나 없다

당신은 알 수 있을까
외로운 먼 곳에 두고 온 마음

나 그대에게 돌아올 날 묻지만
생 한가운데서의 인연의 씁쓸함은

빗속의 촛불처럼 부질없이
밤비만 부슬부슬 나를 적신다

밤비의 아름다움을
이제는 얘기할 수 있을는지

욕심

서글퍼도
안심인 것은
다 가질 수 없음이다

재희의 노래

사랑할 때는
마음껏 싸워도 된다고

훗날
다 좋은 기억밖에 나질 않으니

그런데
좋은 기억밖에 나질 않아 더 슬프더라고

그리운 내 사람

그리운 하늘
그리운 바다
그리운 산
그중에서 가장 그리운 내 사람

가슴이 터지도록 그리워 불러봐도
오지 않는 그대들

하지만 시간이 지나도 바람이 아무리 불어도
당신들이 언제나 내 곁에 있는 것처럼

내 사랑도 그러합니다

문제집

수능이 끝나던 날
한 장도 풀지 않은 문제집을 태워
고구마를 구워 먹으며
다시는 그렇게 살지 않겠다며
활활 타오르는 불 속에 약속했던 것을
지키지 못한 채 10년을 보냈다
강산이 변한 지금에
태워 버린 거나 다름없는 깨끗한 문제집이
더 이상 들어가지 않는 책장에서 힘들어할 때
계속 잊혀갈 약속
활활 타오르는 불 속에 익어 가는 고구마
자기 몸을 태워 익은 고구마를 주려는 문제집과 너무
닮은 그 사람
그 사람 생각이 난다

반복(바다를 보며…)

내게 다시 흔들리라 말한다
내게 다시 번뇌하라 말한다

심지어 다시 힘들어해도 된다 한다
4년 전 넌 내게 아무 말도 해주지 않았지 않았느냐

생각을 하려 떠난 길에는
생각을 잊게 하는 풍경이 있었고

생각을 잊으려 마시던 술과 담배에는
생각을 나게 하는 아픔이 있었다

하지만, 그는
내게 다시는 반복하지 말라 한다

사랑 Ⅲ

내가 가장 원했던 것
가장 할 수 없었던 것
미쳐도 미치지 않아도
손에 잡히지 않는
시간도 어찌할 수 없었던 것

모기야

밖에 비가 많이 와
몸 가눌 곳 없어 그렇게 앉아 있구나

우리가 평소에는 원수여도
비가 이렇게 내리는 동안
잠깐 내 방으로 들어와 비도 피하고

금 토 일 굶주린 배도 채우고 가거라

소주

한국 사람에게 소주는
소주 이상이다

너가 나에게
너 이상인 것처럼

부모님과 젓가락

밥상에 소고기 볶음

내가 어렸을 때
부모님이 내려놓았던 젓가락

내가 어른이 되고 나서
내가 내려놓게 되던 젓가락

밤하늘

티브이 뉴스에서도 듣지 못하였는데
알려주는 이 하나 없었는데
오늘의 밤하늘은 비갠 뒤에 너무 맑게 갠 하늘
평소에는 보이지 않았던 별마저 보이는 이날
너무나 가슴 벅차오르는 황홀함

담고 싶은데 어두운 밤하늘은 사진으로도 남길 수 없네
어쩌면 더 소중한 이 순간
적당한 시원함과 바람
왠지 배도 부르게 해주는 것 같은 이 맑은 공기

세상은 이리도 아름다운데
내가 아름답게 살지 못하고 있구나

보리물

아침에 일어나 보리물 한잔
누군가 나를 위해 끓여 놓았을 이 물 한잔
밤새 느꼈을 갈증을 해소해 주는 이 물 한잔

저녁 퇴근하고 돌아오면
누군가 따라주는 이 물 한잔
하루 종일의 피곤함과 목마름에 갈증을 없애주는 이 물
한잔

여름에는 이 물을 끓이기 위해
누군가의 연약한 팔로 들어올렸을 무겁디무거운 주전
자 속의 이 물 한잔

겨울에는 보일러로도 지우지 못한 서늘한 한기를 없애
주기 위해
누군가의 난로가 되어 주려 끓였을 이 물 한잔

이 세상 미련 남기고 떠나는 날
그 물 한잔이 욕심처럼 그리움처럼 남을
그 물 한잔

온갖 우주가 이 보리물에 담겼네

싸커 켄트

밤에… 너무 늦지도 이르지도 않는 밤에
누군가를 내가 산 나만의 싼타로에
내가 이 세상에서 제일 설렘을 머금고 있는 사람을 태우고
통쾌한 거리를 달릴 수 있을까

그럴 수 있다면
나 그대에게 사랑한다 말하지 않아도
이 음악과 내 차가 대신 사랑한다 말해 줄 수 있으리

밤의 야경, 산의 적막함
쓸쓸한 밤의 풍경… 쓸쓸한 직선의 빛만이
도로의 흰줄과 맞닿아 고독의 거리를 달릴 때

내 마음은 되려 뜨거워지고
인생은 행복해지네

내가 지금 생각하는 당신
그 당신이 이미 지나간 추억의 당신이건
지금 내가 제일 사랑하는 당신이건

나는 지금 이 순간 그대에게 진심을 바치고 있건만

세상의 사랑은 어찌 되어도 온통 끝이 슬픈 사랑이구나
잠시 머물러 있다가 깨닫지 못할 때 지나가고 흘러가고
그래서 사랑은 늘 슬픈 거구나

아버지와 수영

홍콩의 밤하늘을 보며 아버지와 함께한 수영
20년이 지나고 나면 이 순간이 무척이나 그리워질 걸
알기에

별 사진기로 이 장면을 담았다
별로 사진을 찍다

지하철

지하철 긴 의자에 홀로 앉아
머리를 젖히고 눈을 감고 있으니
행복하다 행복하다 행복하다

시원한 에어컨 바람이 땀을 쓸어 가니
행복하다 행복하다 행복하다

유명산 계곡 정자에 나 혼자 나 홀로 누워
물소리 새소리
눈감고 들으니 행복하다 행복하다 행복하다

세상의 행복이 여기에 있었네

관계

나의 속살을 보이고
나의 먹는 모습 자는 모습
나의 24시간의 모습을 스스럼없이 보여 주고

내가 웃거나 울거나 슬퍼하고 아프고
내가 늙어 가는 모습을
나의 아름다웠을 시절을 대신 기억해 줄 수 있는

당신과 나는 실로 대단한 관계였다

버스 정류장

늦은 밤,
아무도 없는 버스 정류장
귓가에 퍼지는 이어폰 슬프고 처절한 음악 소리
담배를 빼어 물려다 말고

겨울날
사람은 많아도
아무도 없는 버스 정류장
사랑은 어렵고 나는 너무 외롭다

나는 아름답습니다

쓸모없는 것들이 쓸모 있는 것들을 존재케 한다

미술관

미술관에 갔네
여자 친구가 생겼거든
볼거리도 많았을 거고 많은 사람들이 보고 갔겠지만
난 결국 너만 봤네

난 사실 처음 가본 곳이었는데
그 얘기를 하지는 못했지

포플러 나무 아래

어렸을 때
온몸이 시인으로 불타올랐었다
꽃은 꽃대로 바람은 바람대로 비는 비로 받아들였었지

나이를 먹을수록 시인은 되기 어렵고

어렸을 때
온몸이 감수성이었지만 세상을 잘 몰랐고
지금은 감수성은 없고 세상만 잘 아네

시인은 노래하라

목이 찢어져라 노래하라
갈아진 목소리에 너의 울분 담아
소리 질러 얻고 버려라

벤츠와 달

같은 벤츠에서 좋아한다 고백했고
같은 벤츠에서 우린 돌이킬 수 없다 말했다

같은 달을 보며 무조건 무슨 일이 있어도 그녀와 잘되
게 해달라 간절히 빌었고
같은 달을 보며 아픔 없이 헤어지게 해달라 했다
그리고 알 수 없는 이유로 좋은 사람으로 좋은 사랑으
로 기억해달라 했으며

또, 다른 마지막 인연을 만나게 해달라 했다

평일과 휴일

너무 지루한 휴일은
바쁜 평일만도 못하다

개구리 매미 잠자리

내가 어렸을 때,
개구리의 울음소리는 음악이었으며
매미의 울음소리는 자장가였으며
잠자리는 하늘의 물고기였다

20년이 지난 후
개구리의 울음소리는 짝짓기에 갈망하는 울부짖음에
불과했으며
매미의 울음소리는 시끄러운 불면증의 원인 중 하나가
되었으며
잠자리는 그저 머리 배 몸으로 나뉘는 징그러운 곤충이
되어 버렸다

그들은 그대로였는데 나만 바뀌어져 있었고
더 이상 나는 그들이 겨울에 어디로 사라지는지 궁금
해하지 않는다

난 오로지 통장의 잔고만이 그리고 내가 일하는 진정
한 이유만이 궁금할 뿐이다

그저 존재

어느 하나 부끄럽지 않은 모습이 없다
애욕에 쩔어 있는 모습
계속 되는 집착
그건 야망도 욕망도 아닌 어느 알 수 없는 것의 중간쯤
지나고 나면 잊을 만도 한데
계속되는 수치심으로 다가오는
갑도 아닌 을도 아닌 병정도 아닌
그냥 못된 것에 대한 서러움

아침에는 외로움에 점심에는 잡생각에
저녁에는 다시 시작되는 절망감에
어느 한 곳에도 다시 앉지 못해
계속해 꺾여 있는 날개로 나는 새처럼

주위의 꽃도 빛도 바람의 시원함도
보고 느끼지 못하고
오로지 떨어지는 낙엽만 응시하는 눈은
동정도 되지 못하고 동감도 되지 못하는
야수도 아닌 것이 초식동물도 아닌 것이
그냥 하나의 존재로만 불구하는 존재

선물

사실,
돈 쓴 건 얼마 없는데
마음 쓴 건 많아

나이를 먹어 간다는 것은

이기적일 수밖에 없었던 나에서 태어나
이제는 이기적일 수밖에 없던 나를 조금씩 허물어 가는 것
이제는 이기적이지만은 않겠다는 것
이제는 그래야만 한다는 것을 깨닫게 되는 것이다

무제

놓칠 거 같은 핸드폰
그 속에서 진동하는 피아노 소리
거꾸로 보는 밤의 야경
시원하게 불 듯 말 듯 하는 바람
순간을 잊어버리게 하는 멍한 생각
그리고 돌아온 현실

우리들의 삶
그리고 나의 삶
그리고 아무것도 아닌 삶

청계천

햇볕을 쬐면서
오른쪽엔 강이 흐르고 왼쪽에는 돼지
가만히 걷는 것만으로도 노래가 절로 나왔던
일요일의 오후였다

혜린이에게

남자로서
제일 완벽했어야 할 시간에
제일 완벽하지 못해 마음 애태웠던 그 시절

그때 당시 내 기억으로
네가 꿈꿔 왔던 건 안정된 삶, 마음의 정착, 직업적인 힘
듦에 익숙함
불안하고 답답했던 마음대로 되지 않던 가정의 불화 속

내가 꿈꿔 왔던 건 그 수많은 너의 갈등과 번뇌에
내 이름 세 글자가 어떻게든 끼어드는 것이었지

이름을 남기지 못해
좋은 이름으로 기억될 수 있는 아이러니컬한
15년 전 내 기억에는 아직 내 이름이 남아 있네

마음의 장작으로 가슴의 불을 태웠던 그 시절
그때의 나무가 제일 잘 탔던 좋은 질의 나무였고
내 작품의 질이 제일 좋았던 그때

그땐 입에서 나오는 말은 모두 시가 되었고
그리움이라는 말이 뭔 뜻인지 중요한 게 아니라
그냥 매순간 너가 너무 보고 싶고 간절했고
그냥 그 대상이 있어서 좋았던 적합했던 단어였었다

인터뷰에서

오빠는 내가 중요해 그 문제들이 중요해
네가 중요하니까 그 문제들이 중요한 거야

당신은 당신의 사랑하는 사람의 꿈을 왜 지지해 주지
않은 겁니까
왜냐하면 그 사람이 내 곁에 있어야 그 꿈도 비로소 내
게 의미가 있는 거니까요

모든 걸 초월할 수 있는 사랑이 있다고 생각하십니까?
그런 사랑도 있고 그렇지 못한 사랑도 있는데 대부분이
후자이지요

도대체 뭐가 문제였습니까
문제는 문제로 삼는 내가 문제였습니다

행복

피아노 소리 약간은 슬픈 연주

잘 마르고 있는 빨래

너무 화창하지는 않지만 비 오지 않는 토요일 오후

옷 하나 걸치지 않는 살짝 젖은 몸

그리고 약간의 로션 향기

그리고 바람, 내 공간, 우리 공간

눈을 감고 그리는 마음

걱정 말아요

이제는 사랑한 지 너무 오래돼서
어떻게 하면 상대방을 질리게 하는지
집착은 어떻게 하는지
나는 잘 몰라요

그저 아껴줘야 하고 지켜줘야 하고
소중하게 여겨줘야 한다는 것만 알아요

극과 극

혼자 사는 것

즐기면 천국
못 즐기면 지옥

일

즐기면 주인
못 즐기면 노예

세상

즐기면 주인으로 천국
못 즐기면 노예로 지옥

육체적인 사랑

나도 모르게 한 사랑
육체가 정신을 이겨 버리는 사랑
편협적인 사랑
쉽게 사랑을 식게 하는 사랑
육류를 좋아하는 것과 같은 편식적인 사랑

사랑의 유통기한을 짧게 만드는 사랑
독이 될 수 있는 사랑
사랑이 얼마나 다양 복잡 속에 있는지 깨닫게 하는 사랑
적어도 정신적인 사랑이 얼마나 중요한 건지
알게 해주는 사랑

좌우명

사람이 재산이고

진심이 무기이며

소통이 전부이며

이해는 모든 걸 해결할 수 있는 만병통치약이다

고백

솔직히 말은 안 했는데
많이 두려웠습니다
걱정도 많았고 불안도 심했습니다
외로운 적도 많았고 괜히 강한 척 한 적도 많았습니다

미안하다고 했으면서 미안해하지 않았던 적도 많았고
미안하다 말 못 했는데 미안해했던 적도 많았습니다

솔직히 마음은 그런 게 아니었는데
자신을 속여야 할 때도 많았고
앞으로도 계속해서 속여야 한다는 사실을 알고는 괴로
워도 했습니다

더 잘해주거나 더 잘하고 싶을 때도 있었고
그래도 마음이 너무 커서 다 표현하지 못할 때도 있었고

그래도 꽤나 진실되게 진솔하게 당신을 대할 때도 많
았습니다

이제야 말합니다
그냥 이제는 그때가 된 것 같아서입니다

봄 여름 가을 겨울

봄은 설레고
여름은 뜨겁고
가을은 고독하고
겨울은 쓸쓸하다

사춘기는 봄과 같이 설레고 풋풋하고 때로는 겨울보다
흔들려 온전치 못하고
젊음은 여름과 같이 뜨겁고 그래서 쉬이 지치기도 하며
미치게 하는 순간이 많고
중년은 가을과 같이 고독하여 진지하게 사색하게 해주
며 눈물이 많게 해준다
노년은 겨울과 같이 차갑고 웅크림 속에 따스함을 느끼
게 해주고 이내 겨울잠의 유혹이 온다

뒷산이 어떤 모습일지 모르지만
우리는 앞산으로 뒷산을 생각하며
지금 오르고 있는 이 길이 언제 굴곡질지 모르며
오름과 내림
오랫동안 평탄할 수도 오랫동안 흔들거릴 수도

그 주기를 알지 못하는데
늘 맞이하는 계절과 반복이지만
우리는 늘 새롭다 생각하고 느끼고 잊고 또 맞이한다

흔한 사랑

그대를 사랑하고
그대와 사랑하게 되면
그대와 함께 세상의 모든 슬픔과 기쁨이 내게 온다
잘돼도 문제고 잘 안 돼도 문제인 그런 강렬한 사랑…

함께 술을 마시고 노래 부르고 여행을 가고
평범과 특별함을 모두 그대와 공유하며
와인을 마시고 향은 입 속으로 들어오고
사랑은 눈 속으로 들어온다

같이 노래 부르고 같이 춤을 추고
같은 바람과 일출과 일몰과 그리고 저녁노을을 보며
별과 바람을 같이 노래하는 사이가 되었을 때
우린 같은 곳을 바라보며 같은 꿈을 꾸게 된다

불편함은 편함으로 편함은 다시 다른 불편함으로
그리고 우리가 다시 너무나 편한 사이가 되었을 때
우리가 많은 것을 얻고 또 그만큼 잃었을 때를 깨닫게 될 때
그리고 그 모든 것을 받아들였을 때 온전한 사랑이 된다

에필로그

쓸모없는 것들이 쓸모 있는 것들을 존재케 한다는 내 작품 속의 글귀처럼 어쩌면 나의 수많은 졸작들도 결국에 몇 편의 걸작을 완성시키기 위한 꼭 필요한 과정일지도 모르겠다. 그렇다면 그 쓸모없는 것들도 더 이상 쓸모없는 것이 아닌 결국 모든 게 다 쓸모 있었던 것이다. 시련도 아픔도 좌절도 그리고 사랑했던 사람들과의 이별도 결코 의미 없었던 시간이 아닌 것이고.

우리의 인생도 그러하듯 단 몇 순간의 가장 행복한 시간을 누리기 위해 어쩌면 수많은 힘든 시기와 평범한 날들을 반복해야 하는 것이다.

평일이 있어야 휴일이 있고 모든 날이 휴일이라면 더 이상 그 휴일이 휴일이 아닌 것처럼 겨울이 있어야 봄이 있고 모든 날이 봄과 같다면 봄은 더 이상 봄으로의 의미가 없는 것처럼.

우리는 반짝반짝 빛나는 그 영광의 시간만을 위해 살아가야 하는 것은 아니지만 며칠 몇 날 밤을 소쩍새처럼 울고 아파해야 하는 것은 적어도 그 찬란한 순간을 위함이 아닐까.

그러한 세상의 이치를 알고 이해하고 동감하고 받아들일 수 있다면 그리고 지금 이 현재의 시간의 흐름 속에 내가 좀 더 현명해질 수 있다면 우리네 삶과 나의 삶은 더욱더 윤택한 삶들이 되지 않을까 생각한다.

추운 어느 겨울날
작가 손병주 씀